Sinais de nós

Lina Meruane

SINAIS DE NÓS

Tradução | Elisa Menezes

coleção **NOS.OTRAS**

/re.li.cá.rio/

*A Claudia e Ximena;
estes sinais são seus*

I keep trying to remember who I was in English.
Lucia Berlin

What is hard to imagine is hard to remember.
Aleksandar Hemon

Ninguém sabia de nada.

Ninguém, como era possível? A violência recrudescia no país, não muito longe do nosso cerco de grades e muros de tijolos entremeados por trepadeiras, de nossas salas de aula iluminadas e do campo de grama resistente mas aparada com esmero, longe, mas não tão longe, dos pátios onde riscamos com giz as casas da amarelinha, onde brincamos de pular elástico ou batemos figurinhas no bafo, onde jogamos bolinhas de gude que pareciam olhos de gato e bolinhas de cristal feitas para colecionar, não para ver o presente. Mas ninguém que conhecíamos havia sido demitido do trabalho ou tido a casa invadida, ninguém havia sido preso, interrogado, torturado; ninguém desaparecido, dinamitado, degolado a sangue-frio, queimado a sangue quente.

Ninguém: isso era o que nós, meninos e meninas do colégio britânico, achávamos.

Sempre houve sinais, mas eles caíam à nossa volta como a chuva, suas gotas pingando, salpicando, boiando momentaneamente na água até afundar em círculos concêntricos. Sinais que ficaram nas poças do nosso inconsciente sem que pudéssemos decifrá-los, como sinais protegidos por senha.

Será mesmo que éramos completamente incapazes de ler aqueles sinais, que não perguntávamos nem entendíamos nada, que aceitávamos tudo, que éramos inocentes?

Será que a política ditatorial de despolitizar o país, assumida por todas as instituições e por nosso colégio, nossas famílias, nossos pais, nos redime retrospectivamente de responsabilidade?
Ou será que nos escudarmos na infância nos torna cúmplices?

A insistência na ordem era um daqueles sinais. Devíamos nos submeter ao rigor do colégio que replicava a disciplina ferrenha imposta pela Junta Militar. Devíamos estudar como ninguém, obter as melhores notas e impressionar as famílias mais ricas, que tirariam o país da miséria e nos tirariam da desigual classe média, dentro do projeto de tornar o Chile uma grande nação.

Passávamos frio nos invernos dos anos 1970, mas tínhamos telhados que não eram de zinco, e janelas com seus respectivos vidros, e cortinas ou venezianas de madeira, e paredes de tijolo revestidas por dentro com papel. Quase nenhum de nós tinha as casas de veraneio que quase todos teríamos depois, em Concón, em Reñaca, na exclusiva Pucón, e não na proletária praia de Cartagena ao lado da casa em ruínas do aristocrático poeta Vicente Huidobro. Não casas no plural, ainda não, mas sim um ou dois banheiros com descarga em vez de um buraco cheio de moscas. Passávamos frio, mas contávamos com guarda-roupas repletos de suéteres e meias de lã, e tínhamos aquecedores a querosene que aqueciam pouco, mas aqueciam. Frio, mas nunca fome: em nossas mesas havia três ou quatro refeições diárias, ainda que nos pratos não houvesse outro peixe que não jurel-tipo-salmão ou outra carne que não moída, e os miolos, a língua, as vísceras dessa carne com purê em pó. Tomávamos sopa de saquinho e comíamos lentilhas com salsicha, ensopado de feijão com macarrão e muitos ovos, tortas de uma acelga que fingia ser espinafre. Não passávamos necessidade, isso não, nunca, nossas refeições eram servidas na hora da fome por uma empregada de avental que morava num quartinho geminado e sentia saudades do campo, onde não havia mais trabalho, porém ainda se bebia leite de vaca em vez do leite em pó que nós bebíamos, com café solúvel ou uma imitação de café.

E a violência recrudescia sem nos tocar, sem ferir os nossos.

E a Junta Militar decretava que as denúncias eram falsas ou que os desaparecimentos e as execuções eram suposições, pois não havia corpos que os comprovassem.

E na falta de provas materiais nossos pais podiam afirmar, sem sentir que mentiam, que eram rumores infundados.

E podiam dizer entre si que os comunistas iam nos matar e que nos defender era um direito legítimo. Dizer que eles nos ameaçavam com megafones no meio da noite dos bairros periféricos. Dizer, como diziam, que antes de apagar as luzes deixavam os carros preparados para persegui-los.

E diziam entre si que alguma coisa eles deviam ter feito, ou cochichavam com malícia que os supostos exilados estavam na Europa com suas amantes.
Diziam isso, nós tentávamos imitá-los.
Diziam isso e diziam coisas piores.
Diziam que deveriam matar todos os "upelentos", pois assim chamavam os partidários da Unidade Popular, mesclando política com pobreza.
Ou não diziam nada ou mudavam de assunto.
Que fôssemos estudar em vez de perguntar besteiras, que se eles se matavam de trabalhar era para nos dar um futuro.

Meu pai atendia seus pacientes todos os dias e à noite, duas ou três noites por semana, em dois hospitais diferentes e de certa forma opostos: um era o Militar, como o regime; o outro era o Salvador, como Allende. Meu pai passava tantas horas imerso naqueles hospitais, e no consultório particular, e nas visitas domiciliares, que quase não conseguia falar quando chegava em casa: era sua sombra quem jantava conosco.

Minha mãe não era como tantas mães do colégio inglês.
Minha mãe acordava às seis da manhã e às sete entrava no seu pequeno Fiat vermelho, que depois trocaria por um Dodge Dart americano trazido num contêiner, e saía para atender crianças doentes ou desnutridas num hospital público decadente da periferia.

Minha mãe era filha única de mãe solo, filha de uma mulher divorciada mas com profissão, secretária num escritório de advocacia que um dia terminaria seus estudos de direito na Universidade do Chile e se formaria ao lado de outra mulher, as duas em trajes de duas peças, blusa, colar e brincos, sapatos de salto alto, ambas sentadas e rodeadas por uma centena de homens de terno e gravata.

Minha mãe era, então, filha de uma advogada que foi pagando com esforço a mensalidade de um colégio britânico para meninas ricas e não tão ricas que, em tempos de socialismo, em pleno debate parlamentar sobre a lei de Educação Nacional Unificada, se uniria ao seu par, o colégio dos meninos ricos e dos não tão ricos, para impedir que as salas de aula se enchessem de pobres.

Minha mãe, que terminou o colégio muito antes desse debate que não virou lei, soube que os *boys* assistiam às aulas de manhã e as *girls*, à tarde, e que alguns *boys* deixavam cartas de amor para *girls* que não conheciam, dentro de suas carteiras escolares.

Minha mãe sabia que essa alternância de horários não havia durado.

Minha mãe insistiria para que seus filhos estudassem naquele colégio misto: não em mais um colégio britânico ou americano ou francês ou alemão ou suíço, não num colégio qualquer, nem mesmo num bom colégio público como aquele que meu pai havia frequentado no centro de Santiago.

Nunca tivemos interesse em saber como era estudar num liceu, nunca perguntamos isso ao nosso pai.

Minha mãe foi educada num colégio particular que exigia uniformes de duas peças, um de inverno, outro de verão, com paletozinho de gola dupla e punhos e botões vendidos numa única loja no centro de Santiago, e luvas de duas estações que as *girls* não podiam tirar nem para tomar sorvete. Éramos as menininhas do colégio particular, diz minha mãe, acrescentando um irônico *very british*. Eram os anos 1950, os mesmos anos em que Lucia Berlin, filha de um empresário estadunidense, estudava num colégio anglo-americano com um uniforme que com certeza era parecido. A escritora relembraria em seus contos a frivolidade das meninas de seu colégio *very american*, e de algo mais que não deve ter ecoado na memória da minha mãe: que "havia um pequeno mundo inglês no Chile", com "igrejas anglicanas e modos ingleses e casinhas rurais, jardins e cachorros de raça, o *country club* Príncipe de Gales, times de rúgbi e de críquete, e, é claro, o colégio Grange, um excelente colégio para homens, estilo Eton".

Ela volta no tempo, minha mãe, para contar que em seu colégio de meninas chilenas aspirantes a inglesas conheceu a segunda filha da família Allende. Beatriz havia se formado na escola francesa, mas acabou no colégio inglês da minha mãe.

Minha mãe às vezes se refere à Beatriz Allende como a Tati.

A Tati convidou as colegas para almoçar na sua casa da rua Guardia Vieja e apareceram umas criadas grandes e gordas, diz minha mãe, que ofereceram *porotos granados* servidos à francesa. Uma criada ficou segurando a bandeja à espera de que minha mãe fizesse alguma coisa, mas minha mãe não soube o que fazer. Deixa de ser jeca, alfinetou a Tati, mete a concha na travessa.

Minha mãe continuou sendo amiga dela quando as duas começaram a estudar medicina na Universidade de Concepción.

Deve ter sido uma época tão feliz para minha mãe que nem mesmo o devastador terremoto de 1960 maculou sua lembrança. Uma lembrança que minha mãe não tem, pois naquela mesma manhã ela tinha ido a Santiago para ver sua mãe, que agora vivia com um escritor muito antiquado.

Sua lembrança do pior terremoto da história chilena é então o relato das vinte e poucas colegas com quem ela dividia a antiga casa universitária.

As vinte e poucas passaram juntas os dez minutos de um abalo que, em seu epicentro, quinhentos quilômetros ao sul, registrou 9.5. Juntas, vivenciaram o maremoto que inundou a costa naquele mesmo domingo depois do almoço. Juntas, a morte de milhares de sulistas que saíram para catar mariscos enquanto a água recuava para formar uma onda de oito metros. Juntas, o desabamento da rodovia Pan-Americana e da imponente escadaria da casa onde moravam. Juntas, ficaram presas no andar de cima.

Beatriz Allende foi resgatada de avião naquela noite ou na seguinte, minha mãe tem dúvidas. Do que ela se lembra bem é que a Tati lhe contou que lá de cima o sul parecia submerso numa nuvem.

Do pai de sua amiga, que foi presidente do Senado nos anos de Concepción, minha mãe costuma falar bem pouco, mas quando se lembra diz que ele voltava de suas visitas a minas e acampamentos, trocava de roupa e se vestia como um *lord*. Diz que uma vez foi a um coquetel na casa de uma amante que Allende tinha no Sul, e que ela, minha mãe, se viu cercada de gente que mal conhecia. Diz que foi surpreendida por um garçom vestido de branco com canapés cobertos com geleia de amora. Diz que enfiou o canapé na boca e que a amora tinha um gosto mais salgado que doce, mais marinho que frutado, mas vendo que os outros devoravam aqueles canapés, minha mãe pegou mais um e o engoliu, para disfarçar. Diz que não falou nada naquele dia nem nos seguintes, quando descobriu que eram canapés de um caríssimo caviar que minha mãe não conhecia nem de nome.

Minha mãe: quando voltaram a Santiago para fazer residência, Beatriz foi para o mesmo hospital dos estudantes de esquerda e a convidou para ir com eles. Minha mãe se negou. Minha mãe disse a ela que aquele não era o seu caminho. Beatriz acreditava que aquele era o único caminho.

Minha mãe não votou no pai de sua amiga nas eleições presidenciais de 1970, que Allende venceu. Sua amiga, filha de médico, abandonou a prática da medicina e se tornou a mais fervorosa assessora do pai, sua conselheira mais intrépida, a intermediária entre o governo socialista e o Movimento de Esquerda Revolucionária.

Sua amiga havia deixado de ser sua amiga.

Casou-se com um diplomata cubano e, em 1973, depois de fugir de um La Moneda em chamas, depois de saber do suposto suicídio do pai, exilou-se em Havana.

Que Beatriz Allende não suportou a morte daquele pai que ela adorava, que não suportou ir embora do Chile, que não suportou que tirassem seus filhos, é algo que minha mãe afirma sem titubear. Que ela acabou muito mal. Que tinha 35 anos quando se suicidou.

A morte de um pai era uma ideia insuportável para qualquer um. Não para minha mãe, que não conhecia o seu.

Nossos pais seguiam com a vida ou pelo menos acreditavam nisso. Sob um regime que impedia reuniões, os médicos conseguiram permissão para organizar um congresso em Viña del Mar. Permissão para discutir corações obstruídos, infartados ou deformados até o fim da tarde. Meu pai era o secretário do congresso e minha mãe, sua consorte: usava um vestido longo com um casaco de tweed azul-celeste, lindo, diz ela, com os babados típicos da época. No encerramento do congresso, um colega insistiu para que meus pais dessem uma passadinha na casa dele para comer uma coisinha, uma bebidinha com um sanduichinho. Tudo rapidinho para que não fossem apanhados pelo toque de recolher, isto é, para que não fossem presos por oficiais da Marinha que controlavam a zona e que eram a força mais feroz. Mas a conversa se estendeu, conta minha mãe, e a despedida foi demorada como sempre são essas despedidas embaladas por pisco. Não haviam percorrido mais de seis quarteirões desertos quando foram obrigados a parar. Desçam do carro, ordenaram os oficiais da Marinha com umas caras que, segundo minha mãe, davam medo. Eles nem me cumprimentaram, ela diz, não me dirigiram nem um boa noite, senhora, ela insiste, contrariada com a falta de educação. E por que eu tenho que descer?, ela respondeu, fazendo-se de *lady* ofendida ou de gringa distraída que não sabe com quem está falando. Aqueles homens de cara feia fizeram com que ela se lembrasse em alto e bom som colocando o cartucho da bala na posição de disparo. Só faltou apertarem o gatilho em resposta à insolência da madame. Revistaram o carro e os papéis do congresso que meu pai carregava no banco de trás, e os levaram a pé até uma delegacia próxima, que minha mãe chama de cana. Lá eles foram separados: homens e mulheres em ambientes diferentes. Minha mãe, maquiada e penteada em salão, com seu casaco fechado e suas joias no pescoço, seus anéis, sentou-se ao lado de mulheres que não estavam enfeitadas como ela, mas que, como ela, haviam sido detidas. Eram mulheres que trabalhavam naquela noite e em todas as noites nas ruas desertas de Viña del Mar. Mulheres que o toque de recolher deixou *ao toque* do mais cruel desemprego, à intempérie da fome. Entre elas, minha mãe devia ser uma raridade e uma interrogação. Ela sentiu uma das prostitutas lhe dar uma cotovelada na cintura, sussurrando, e você, anda metida em quê?

Passada a meia-noite, eles os soltaram para prendê-los de novo quatro quarteirões adiante.

Não tínhamos experiência, diz minha mãe. Lá aprendemos que a coisa era séria. Aprenderam que só podiam sair em situações de emergência, de carro, bem devagar, com todas as luzes acesas, com os quatro vidros abaixados, segurando um pauzinho coroado por um lenço branco ou uma bandeira branca ou uma fralda branca, para que não atirassem neles.

Minha mãe garante que aquela detenção ocorreu no mesmo ano do golpe, em novembro daquele ano, às 11 da noite, mas os dados não batem. O toque de recolher durou quase todo o período da ditadura, mas os horários variaram. Nos primeiros tempos caía sobre o território nacional às 17:00, às 19:00, às 21:00, hora militar que era a forma de nos cronometrarmos, e se mantinha até às 06:00, pois a essa hora era imperativo sair para trabalhar.

Que irresponsáveis, murmura meu irmão. E nós, onde estávamos?

Tínhamos 6 ou 9 anos, 11 ou 7 ou 10, e não notávamos as migalhinhas de pão que os pássaros foram devorando ou as pedrinhas brancas espalhadas pelo Chile que só recolheríamos no futuro, e apenas alguns de nós.

Nossos pais diziam que para colher era preciso plantar, que para acumular e ascender precisávamos da matemática e das ciências e das conexões adequadas que nosso colégio nos proporcionava, e que para isso estávamos aprendendo aquela outra língua, aquele outro sotaque, o *britsh*, com aquele outro vocabulário shakespeariano e moderno e aqueles outros verbos difíceis de conjugar. Enquanto isso, a vida dos outros que só conhecíamos de vista, quando muito, transcorria apenas em castelhano.

Enquanto isso, meu pai se pôs a estudar inglês para chegar fluente ao seu estágio num hospital de Nova Iorque.
Enquanto isso, minha mãe, que falava o idioma com seu sotaque britânico, não o ajudava nos estudos porque meu pai já frequentava um instituto de línguas, já tinha deixado o curso por problemas de horário e seguia estudando com uma professora particular.

Enquanto isso, ele não aprendeu o suficiente e passou semanas no hospital nova-iorquino sem conseguir se comunicar com seus pacientes.

Enquanto isso, ele só se entendia com o colega chinês que, segundo minha mãe, tinha um sotaque horroroso, e à medida que meu pai progredia com os pacientes deu razão a ela, pois parou de entender o médico chinês.

Meu irmão e eu aprendemos a ler e escrever em inglês americano numa escolinha de Nova Jersey. Quando aterrissamos no colégio britânico, dois anos depois, descobrimos que pouquíssimas crianças falavam outra coisa além da língua chilena, que meu irmão achou difícil e eu, ininteligível. Passei semanas sozinha no pátio do recreio, sozinha lendo livros trazidos nas malas dos meus pais. Só me destacava nas aulas de inglês onde a *miss* escrevia palavras simples ou números até dez com giz colorido, que às vezes se quebrava no quadro-negro, fazendo nossos dentes doerem. Nessa aula compreendi que só eu sabia contar até cem e que se contasse rápido até o *ninety-nine* poderia hipnotizar meus colegas de calça cinza e paletó com emblema e impressionar as meninas de gravata listrada, e gárgulas e mais gárgulas bordadas em seus emblemas, atentas à minha recitação.

Aquela gárgula emplumada — *gryphon* numa língua, cavalinho em nossa gíria — foi costurada, atada, tatuada em nosso corpo, carimbada em nossos livros, copiada em nossos boletins, esculpida em nossos prêmios, com sua língua traiçoeira a despontar pelo bico.

Nunquam non paratus, lia-se em latim na fita que envolvia o monstruoso mascote do colégio britânico. *Never unprepared*. Sempre prontos. O lema ecoava os lemas militares que repetíamos de cabeça, sem pensar.

Sempre preparados, entrávamos na *assembly* onde nos ordenavam por nível e por curso, de A a E, e nos punham em fila, de A a Z. Era uma ordem letrada sem privilégio de carreira profissional ou empresarial ou diplomática ou política ou quem sabe militar de nossos pais. Uma ordem exata que não fazia distinção entre nossos sobrenomes espanhóis e ingleses, árabes, turcos, croatas, italianos, indianos, judeus ou alemães, e até mesmo asiáticos. Embora esses últimos fossem escassos entre nós, ainda que menos escassos que os sobrenomes mapuches.

Sempre dispostos estávamos nós, hordas de meninos com cabelos bem-alinhados e molhados e meninas com coques altos e, acima de tudo, lisos, com sapatos mais polidos que engraxados, e entoávamos pela razão e pela força o hino nacional diante da imagem emoldurada do ditador: testa erguida, uniforme de gala cheio de condecorações, atravessado por uma faixa nas cores da bandeira. No peito, o escudo nacional como um emblema: a estrela de cinco pontas, o condor e o huemul com cabeças coroadas. Pela força, a bandeira era baixada enquanto cantávamos também os hinos militares: os mesmos que as crianças do Chile cantavam em coro, às segundas-feiras, sem motivo especial, com mais som que afinação.

Nunca despreparados, íamos de "os velhos estandartes, que nas batalhas combateram, e que encharcados de sangue os soldados guiaram" à "ordem e pátria é o nosso emblema, a lei espelho da nossa honra", até estarmos "prontos para caçar velas".[1] Mas nós, os tão preparados, acrescentávamos mais um, o breve e contundente hino à rainha da Inglaterra, a quem devíamos proteger, implorando a Deus por ela.

Nunquam non para o *God save our gracious glorious victorious Queen*. Recitávamos os versos *long to reign over us* com nossas vozes brancas, em uníssono, lendo a rima, aprendendo a metáfora, a anáfora e as aliterações do *hymn book* e completando a base instrumental pré-gravada sem perceber – concentrados como nós, os menores, estávamos – que alguns, os maiores, não cantavam o mesmo ou só moviam os lábios, porque entre nós havia dissidentes que se recusavam a ser súditos.

Aí vem mais um sinal daqueles anos, vem arrastando sua pesada maleta de couro, aproxima-se vestida com salopete azul, suas meias também azuis esticadas até os joelhos e a camisa branquíssima. A manga enrolada e

---

[1] [N. da T.] Os três trechos entre aspas correspondem, respectivamente, a versos dos hinos do Exército, dos Carabineiros e da Marinha do Chile.

talvez rasgada para deixar passar o braço quebrado e o gesso que o envolvia.

Era um sinal magrelo, de longos cabelos loiros e pálpebras inchadas. O que aconteceu?, perguntei ao sinal que pelo sobrenome se posicionava na R, e ela, em vez de me falar do osso quebrado ou reclamar da queda, do cotovelo machucado, da mão arranhada, dos dedos estrangulados, sussurrou que tinha acabado de falar com o pai, mas só umas palavrinhas porque ele ligava para ela com moedas de um telefone público, ele, que havia meses tinha se mandado sem que ela soubesse para onde.

Não sabia se o veria de novo, ela disse com os olhos brilhando, enquanto eu escrevia meu nome em seu gesso.

Ela assoou o nariz com a outra mão e pediu desculpas à coordenadora pelo atraso. Tinha acabado de se mudar com a mãe e os irmãos para um bairro nos arredores de Santiago. Um bairro em que sua casa se destacava porque, mais que uma casa, era um palácio com degraus de pedra e leões esculpidos junto à porta, propriedade de um avô ou bisavô ou tataravô seu que nos livros de história era descrito como um presidente liberal.

Esses livros nós leríamos mais tarde, essa história nós aprenderíamos mais tarde. Agora R convidava algumas de nós para o seu palácio de pedra e nós corríamos pelo salão de móveis de mogno e murais pintados a óleo aos quais não prestávamos atenção: procurávamos um esconderijo.

O pai de R estava escondido, mas não naquele salão.

Era um pai comunista arriscando a vida às escondidas.

Foi tão surpreendente e tão secreta a revelação de R que me sentei em silêncio ao lado dela e enterrei os olhos no meu caderno, aterrorizada com a ideia de que um dia meu pai se escondesse de mim.

Sem que eu soubesse onde.

Sem moedas suficientes no bolso para me telefonar.

Vivenciamos o golpe escondidas mas juntinhas, diz P no diminutivo, só que minha mãe não se lembra de mais nada, nada; a mamãe está velhinha, com a memória desbotada. Eu me lembro de tudo, tudo, tudo, continua P, prima mais nova da minha mãe, que na época era menina.

Na manhã do golpe, a mãe dela, funcionária de uma empresa estatal, foi posta de bruços no chão do seu escritório, mas logo foi solta, talvez por ser loira de olhos azuis. Ela se levantou, tirou os sapatos de salto alto e saiu correndo, sentindo as balas passarem assobiando ao seu lado, shiiiiiii, shiiiii.

Chegou em casa com as meias rasgadas. A prima da minha mãe se lembra disso vividamente e se lembra de tudo que a mãe lhe disse, tudo tudo, repete, num Chile onde ainda se fala do campo campo ou do medo medo, para que fique claro sobre o que se está falando. Aquele Chile onde se insiste em dizer duas vezes seguidas até os rios Bío-Bío, Calle-Calle e Cau-Cau, para que se saiba que carregam muita água e não poucas pedras. Para que ninguém ponha em dúvida o dizer do seu curso. Não sei com que cara eu fiquei, acrescenta a jovem prima da minha mãe, quando o furgão chegou, se com olhos esbugalhados ou veias saltando no pescoço, porque, enquanto nos metiam no camburão e enquanto dávamos voltas por Santiago, minha mãe tentou me convencer de que os homens que saíam do camburão e voltavam e saíam e voltavam de novo estavam brincando.

Eles estão brincando?, perguntou a pequena P ao policial ao ouvir o taca taca taca de metralhadoras do lado de fora.

O policial, ela diz se lembrar, ficou com os olhos rasos d'água.

Eles não estavam brincando. Estavam seguindo as ordens do tio C, que naqueles anos era coronel ou tenente-coronel ou comandante dos Carabineiros, ou alguém com capacidade de comando suficiente na instituição. Seus homens estavam fazendo uma invasão simulada para evitar uma real, a prisão real de sua irmã mais nova, uma socialista separada de comunista, que tinha um segundo marido metido em política e uma filha única do primeiro casamento. O tio C tinha partido "aos trancos e barrancos" para resgatar a tia S: levou-a para a casa do tio H, onde elas passaram uns meses escondidas, e depois se esconderam na casa de outros irmãos, que somavam 12, enquanto o tio carabineiro dava um jeito de tirar do país o filho militante do MIR da tia N e ajudar o tio T, que também iria para o exílio. Era uma família acostumada a dividir um doce pequenininho em 12 pedaços se fosse preciso, dividi-lo em 12 pedaços iguais. Os 12 cerraram fileiras e cuidaram uns dos outros nos anos do golpe. Até minha avó, a mais velha, aquela que não precisou se esconder.

Eu vim brincar com você muitas vezes, lembra P, porque sua avó e seus pais moravam muito perto do tio H, mas você não deve se lembrar disso porque devia ter o quê, uns 3 anos? Eu tinha 6 e a gente brincava de esconde-esconde no seu jardim.

Fomos ensinados a nos esconder debaixo das carteiras em reiteradas simulações de terremoto. Se a campainha ou o sino tocava por mais de cinco segundos, tínhamos de desmontar nossas cadeiras, dobrar em vários pedaços, entrar debaixo dos bancos de madeira e esperar até que a campainha ou o sino parasse de tocar. Contudo, o toque também podia ser uma ordem para sair em fila até uma zona de segurança previamente estabelecida: um dos amplos pátios de cimento ou o campo de esportes cercado por uma valeta que se enchia de minhocas na primavera. As instruções eram adaptadas à localização de cada sala, mas o que não variava era a coordenadora lendo nossos sobrenomes em voz alta e nos deixando em *detention* caso não estivéssemos presentes. Era preciso estar e gritar presente, *miss!*, ou *present sir!*, porque um terremoto era uma questão de vida ou morte, como quase tudo naquele tempo.

Talvez a simulação servisse apenas para responder ao violento atrito das placas que poderia nos matar. Talvez fizesse parte de um treinamento para "os períodos especiais de tempos de paz". E talvez por conta das sabotagens nas torres de alta tensão, dos apagões cobrindo as noites ou pontilhando os dias, tivéssemos sempre à mão grossos pacotes de velas que quando acesas desfiguravam nosso rosto e também pilhas para a única lanterna do meu pai e o único rádio, que era da empregada mas estava sempre ligado na cozinha. Talvez por medo de que os milicos cometessem erros em seus planos e criassem desabastecimento, fome de novo, havia sacos de batata e de feijão e pacotes de macarrão, e galões de óleo na despensa. Talvez por isso meus pais cozinhassem panelões de tomates maduros e cebolas, pimentões e maços de salsinha e alhos comprados na feira, e batessem a mistura no liquidificador e a fervessem de novo com saquinhos de ácido salicílico para conservar o molho por décadas, em garrafas. Talvez por isso fizessem conservas e geleias caseiras que passávamos nas *hallullas* enquanto olhávamos para a tela em preto e branco.

Há mais sinais, altos e enferrujados como antenas de TV.
Na tela, em horário nobre, os milicos de perfil, em close, entoando o hino nacional antes da aparição do

ditador, de frente, com seu uniforme engomado e sua faixa, suas condecorações, seu bigodinho fascista, os cantos da boca torcidos para baixo. Com sua voz aguda, Pinochet arrastava as palavras de seus discursos transmitidos em cadeia, dando notícias do progresso experimentado pelo Chile quando a Junta, cirurgiã da pátria, extirpou o "câncer marxista".

Na tela, deveríamos ter atinado que a frase e o discurso eram plágios, mas não atinamos porque não sabíamos, pois não nos ensinaram que aquela metáfora doentia, aquela alegoria de cura, tinha sido disparada por outro general que, antes de cair em desgraça e se retirar da Junta, a copiara de algum líder anticomunista estadunidense que rezava, em inglês, *communism is cancer!*

Na tela, víamos com frequência a mulher do ditador exibindo um penteado curto e bufante feito por seu cabeleireiro pessoal, com vestidos desenhados para ela, sapatos importados que estavam à frente da moda e chapéus de grife que não saíam do seu bolso. Com essa elegância, ela aparecia rodeada por um exército de *pobladoras*[2] que trabalhavam para a fundação inventada e dirigida por ela e patrocinada por seu marido para servir de testa de ferro. Com um sorriso maquiado e maquiavélico, ela se exibia gabando-se de "proporcionar bens espirituais e materiais às mulheres chilenas".

---

[2] [N. da T.] *Pobladoras* eram mulheres que faziam parte de organizações de resistência criadas em bairros populares e periféricos (conhecidos como *poblaciones*) durante a ditadura chilena. Ao oferecer oficinas e formações, a fundação da primeira-dama buscava manipular as *pobladoras* e angariar seu apoio ao regime.

Como éramos felizes assistindo àqueles programas dos quais a politicagem e os políticos haviam desaparecido, diziam nossos pais, com ressaca das mobilizações que os impediam de trabalhar em paz, de viver em paz, de rir como nós ríamos no final dos anos 1970 vendo funcionários de escritório medíocres e secretárias voluptuosas seduzindo seu chefe enquanto a colega datilografava em sua máquina, obstinada e idiota. Nós nos divertíamos vendo apresentadoras transmitirem notícias inventadas e os sucessos musicais do sibilante Silverio Silva do *Jappening con Ja*, aquela série dirigida, produzida e atuada pelos mesmos que antes tinham nos entretido com *Dingolondango*: o circo das emoções sem pão.

Uma noite, na hora do jantar, meu pai ordenou que desligássemos a TV enquanto passava *La madrastra*, que já estava na metade da temporada. Por mais que protestássemos, por mais que argumentássemos que a protagonista era sua prima e nossa tia, meu pai decretou que aquele era um momento de compartilhar e conversar. E isso foi, naquela noite, a última coisa que ele disse.

Aprendemos a cantar músicas novas, repetindo as letras de cor.

Com R, as letras de umas suecas loiras que dublávamos em castelhano e de uns homens que cantavam em falsete, que meu pai punha a qualquer hora em seu toca--discos importado.

Com K, L, N, O, nas aulas de canto: o coro atrás e nós, R e M, como únicas solistas.

Com F e R e S, e outras que já esqueci: letras a respeito do dever da ordem sobre a música bicha e marcial de "In the Navy", do Village People, que coreografamos na hora do recreio.

Aprendemos a ficar em silêncio, aprendemos a conveniência de ficar caladas, que algumas de nós desaprendemos nos anos da universidade.

Aprendemos os passos da *cueca* para honrar a Junta nas festas de setembro,[3] avançando e recuando em oitos, martelando esporas, levantando a barra da saia, floreando lenços no ar. Dançando, aprendemos a dominar os quadris para nos tornarmos dançarinas da Ilha de Páscoa com conchinhas no pescoço. Dançamos toda sorte de ritmos hipnotizados pelo *Baila domingo*, onde centenas de casais empobrecidos competiam pelo prêmio de aparecer na TV. E dançamos imitando a bailarina do *Solid Gold*, que toda semana se contorcia sensualmente em inglês: ela era tão negra e glamurosa quanto Rafaella Carrá era branca e maquiada, ambas de malhas brilhantes e mínimas que queríamos copiar, como copiávamos tudo.

---

[3] [N. da T.] Referência às chamadas "festas pátrias", feriados que celebram a independência do Chile em relação à Coroa Espanhola e as Glórias do Exército, nos dias 18 e 19 de setembro, respectivamente.

Jogar limpo, ser uma pessoa correta, comportar-se bem: isso fazia parte do nosso repertório e reaparecia em diferentes arranjos naquelas segundas-feiras em que também cantávamos o hino do colégio com seu mandamento, *to play a straight game for the sake of the school*. Eu me perguntava se o pai de R teria jogado sujo para que os militares voltassem, de tempos em tempos e sem avisar, a procurá-lo. Que maldade sua poderia justificar que os milicos invadissem sua casa e que, nas noites de batida, a mãe ordenasse que R e seus irmãos mais novos se escondessem debaixo da cama e fechassem bem os olhos e tapassem bem os ouvidos e pensassem em coisas aprazíveis ou bonitas ou divertidas que neutralizassem o terror? Coisas agradáveis, dizia R e suspirava, coisas engraçadas entre grandes coturnos e ordens e trancos dados em sua mãe, e gritos que atravessavam os dedos de R e penetravam profundamente com a mensagem de que encontrariam seu pai e que não haveria piedade, por mais alto, loiro e neto de presidente que ele fosse.

Este sinal passou despercebido pelas crianças de 8 anos que ainda éramos, mas não por nossos pais, não pelos reitores e pelos professores e pelos adultos do Chile: a descoberta de executados que, no fim, não eram suposições.

O homem que procurava seu filho nas montanhas estreitas nos arredores da capital se deparou com antigos fornos de cal abandonados em Lonquén, e enfiou a cabeça numa de suas chaminés e ficou perplexo. Havia corpos com as mãos amarradas, e eles ainda tinham um pouco de pele e de cabelo na cabeça e até roupa, apesar de rota. Ele não soube dizer quantos eram, embora mais tarde fossem contados 15. Nenhum correspondia ao filho do homem.

Esse homem faria uma denúncia anônima ao Vicariato da Solidariedade.

Essa denúncia permitiria abrir uma investigação.

Essa investigação racharia o discurso das suposições sustentado até então pelo regime.

E essa rachadura seria aprofundada por uma juíza substituta, a única que ousou entrar no forno por uma abertura estreita, a única, magra como era, a rastejar entre as ossadas, a única a descrever e explicar antes que dezenas de trabalhadores do Programa de Emprego Mínimo pegassem em pás, picaretas e enxadas, antes também do início das escavações, antes que os peritos chegassem e os restos mortais fossem enviados ao Instituto Médico Legal para seu reconhecimento e ela tivesse de se retirar do caso.

Na saída de um dos tantos interrogatórios, um camponês da área declarou ao telejornal (que não vimos), num castelhano nervoso (que não ouvimos), uma frase (que conhecíamos bem, porque vivíamos nela): Num sei de nada, não, nunca soube de nada, num tô sabendo de nada.

O não saber nada, o não querer saber, cobria o país como um escudo e como o privilégio de ter sabido, mas preferido não saber.

Os fatos começaram a ser escritos em jornais e revistas (que ainda não líamos, que sequer folheávamos). Somente os vasculhando (quando o regime já havia caído) recuperei a história no arquivo de um jornal e viajei de ônibus por uma rodovia, por ruas interioranas mal asfaltadas e por uma estrada de terra solta que levava à mina onde não havia mais ossadas ou chaminés: os fornos tinham sido dinamitados.

Sinais daqueles anos que seriam contados como se fossem lendas de um tempo anterior: longe da Príncipe de Gales, a monárquica avenida do nosso colégio, e longe daquele Chile cheio de fornos que se acreditava ser o mais britânico da América, crescia a cumplicidade entre o ditador chileno e a primeira-ministra inglesa. Duas mãos de ferro contra o socialismo e os sindicatos e os homens extremistas, quatro mãos contra os militares argentinos. Convite aberto para o senhor de óculos escuros passar por Londres para tomar um *english tea with scones* escolhidos a dedo com a direita.

O que me lembro do ano de Lonquén não é Lonquén. Não a cal que abafou o cheiro de morte e rachou a imagem do regime, mas sim a possibilidade da pólvora e a iminência da guerra com a Argentina, onde havia outro ditador e outra Junta autoconstituída usando a indefinição do traçado fronteiriço para lançar sobre os crimes sua própria cortina de fumaça.

Não é verdade que nossas lembranças sejam apenas lembranças de uma lembrança.

Lembro da cortina que filtrava, suavizando-a, a luz de um sábado que talvez fosse domingo.
 Lembro das alucinantes nevascas sobre montanhas quase azuis na janela.
 Lembro da cama grande, dos lençóis como um manto de flores importadas, da coberta grossa de lã.
 Lembro do aquecedor ligado por apenas algumas horas, à tarde, e do frio que penetrava em nossos ossos de madrugada.
 Lembro que para minha mãe parecia bastar seu xale de lã cheio de buracos sobre os braços, que ela dobrava para ler um imenso jornal cheio de omissões.
 Lembro daquela manhã de 1978: o brilho da bandeja de alumínio, as duas xícaras vazias de chá com leite, migalhas perdidas num prato.
 Lembro do meu pai entrando na sala vestido de verde-militar dos pés à cabeça, calçado com grandes coturnos número 45, que sabe-se lá onde encontraram para ele naquele Chile de homens baixos e pés minúsculos.

Lembro de ter perguntado por que ele estava com aquele uniforme, mas não de onde o tinha tirado.

Lembro da resposta seca da minha mãe por trás do jornal que cobria seu rosto: meu pai ia para um treinamento. Ela cortou o resto da frase que eu esperava. Dissipou a palavra guerra que pesava no ar frio. Silenciou a possibilidade de que a guerra estourasse e meu pai fosse mandado para a frente de batalha como médico de reserva.

Eu não tinha estudado a geografia da guerra — ainda. Imaginei, olhando para um mapa, que isso aconteceria a duas horas da nossa casa, no topo daquela cordilheira resplandecente que despontava na janela da minha casa e sobre os telhados quando chovia, e no colégio quando nevava, naqueles picos altos e nas gélidas ilhotas meridionais onde meu pai nunca encontraria moedas, ou telefones, ou palavras suficientes.

O treinamento foi programado para os fins de semana e tinha caráter obrigatório; havia risco de advertência, de repreensão severa e quem sabe até de repressão para aquele que não comparecesse. Mas meu pai se desculpou, escudando-se na filha doente que precisava de cuidados especiais.

Sem desculpa possível, percorríamos a passos rápidos a extensão quilométrica do campo, treinando para campeonatos esportivos com outros colégios ingleses. Estávamos desacelerando quando percebi a fadiga se aproximar, porque subia pelas travas dos meus tênis e pelas minhas meias chegando até os joelhos, que agora se duplicavam ou se dobraram, e não soube de mais nada. Não sei em que tipo de delírio cheguei à enfermaria onde dizem que triturei um monte de balas com os dentes. Não sei quem me enfiou num táxi, nem em que momento meu irmão surgiu ao meu lado. Não sei quanto tempo levamos até o hospital onde nossos pais nos esperavam.

Como esquecer, diz O, de M nos explicando para que servia o pâncreas e o funcionamento das células que não funcionavam nela. Como esquecer seus temores e desmaios esporádicos mas grotescos. Como esquecer que O cruzou o colégio correndo, corredora treinada que era, para chegar à vendinha e pedir, ofegante, que lhe vendessem fiado, um sonho, com creme, polvilhado com bastante açúcar, para M, M, porque M estava desmaiando.

A morte sempre esteve tão viva: M intuía que iria morrer antes dos trinta sem saber que era justamente isso que sua mãe havia anunciado à família, que M não chegaria a essa idade.

Em que medida nossa própria morte pode nos sensibilizar diante da morte alheia?

Nosso sofrimento coletivo concentrava-se no gramado onde toda segunda-feira eram traçadas ou retraçadas as bordas brancas das quadras de hóquei e rúgbi, futebol e vôlei, salto em distância e outros esportes que não eram mais críquete, tênis ou golfe. Eram tantas as quadras desdobradas no extenso campo que chamávamos de *a* quadra, e era tão imperioso o lema do esforço que praticávamos ali. *No pain, no gain*, os professores gritavam para a gente de dentro de seus moletons e o mesmo ouviam nossos colegas, em seus shorts brancos e suas camisetas brancas. O *fair play* era outro mandamento, um mandamento que proibia que a *chueca* caísse na cara de um colega, que a duríssima bola de couro acertasse um osso, que, em busca da bola pontuda, os jogadores de rúgbi acabassem dando cabeçadas ou quebrando clavículas. Mesmo assim, não estranhávamos o som das travas no cimento, as macas ensanguentadas a caminho da enfermaria.

Além dos esportes regulares e das aulas de ginástica — que para as *girls* era rítmica —, brincávamos de *besopatá*[4] e o combinávamos com o *hide and seek*. Fugindo da perseguição, V, que era muito pequena, magérrima, de cabelos longos e lisos, entrou no tambor da lavadora de roupa americana que meus pais haviam trazido para o Chile em outro contêiner, e ninguém a encontrou para lhe dar um beijo ou um chute. Ela levantou a tampa, vitoriosa, e saiu correndo outra vez. Minha mãe nunca

---

[4] [N. da T.] Mistura de beijo (*beso*) e chute (*patá*, de "patada").

entendeu (eu nunca quis explicar a ela) por que a máquina estava tão desalinhada. O técnico que veio consertá-la também não soube dizer como aquela máquina feita para durar tinha sido danificada daquela forma.

Talvez fosse mais um sinal o fato de ensinarmos umas às outras a ser detetives seguindo as instruções de um manual ilustrado que K, com seus cabelos lisos e castanhos, seus dentes atravessados por aparelho, havia ganhado de presente. Um caça-sinais, aquele livro. Um sinal, propormos umas às outras pistas a seguir, documentos a investigar, suspeitos a identificar, mistérios a solucionar naquele Chile infestado de pistas falsas e desaparecimentos reais, que talvez estivéssemos percebendo no não perguntem besteiras. E, sem perguntá-las, deixávamos umas às outras mensagens cifradas numa tinta cítrica e invisível, de nossa própria criação.

O referendo de 1980 constituiu um sinal extremamente duvidoso.
Primeiro sinal: em rede nacional (que não vimos), com um severo uniforme de milico (do qual não nos lembramos), o ditador anunciou um plebiscito para que os cidadãos escolhessem se queriam voltar à "noite dos mil dias negros" ou apoiar uma nova constituição, com um "novo conceito de democracia", que lhe permitiria governar por outros sete anos e depois ser reeleito por um período semelhante.

Segundo sinal: a manobra foi realizada sob um estado de emergência que impedia os cidadãos de se deslocarem, de se reunirem e se manifestarem (nós nos deslocávamos, nos reuníamos, nos manifestávamos), e que não permitia à oposição ter acesso à rádio ou à televisão para fazer campanha ou participar dos colégios eleitorais a fim de garantir a integridade do processo.

Terceiro sinal: uma comitiva cívico-militar utilizou fundos estatais para ir de casa em casa e bater de porta em porta (ninguém veio à nossa), ensinando os chilenos a votar como se já tivessem se esquecido.

Quarto sinal: a eleição foi realizada sem censo eleitoral ou qualquer supervisão que não fosse a dos partidários civis e militares do ditador.

Quinto sinal: fizeram com que o plebiscito coincidisse com a data do golpe, como se estivesse previsto que naquele dia a Junta subjugaria novamente o socialismo.

Último sinal: o referendo teve mais de 65% de aprovação.

Com certeza, sem atentar para as irregularidades, teríamos votado como nossos pais, a favor da prorrogação; mas não votávamos porque só tínhamos 9 ou 10 anos.

Não aprendemos a votar, mas aprendemos a obedecer, e não aprendemos a debater, mas sim a rabiscar e a trocar socos.

Com espanto mas sem piedade, a *miss* de religião nos chamou à frente, R, K e M, e nos obrigou a nos juntarmos a uma dúzia de *boys* que mereciam um *detention* por falar vulgaridades e mencionar as partes íntimas das mulheres.

Não tínhamos vergonha de dizer aquelas mesmas palavras vulgares?, perguntou agitando os cabelos escuros, com os olhos acesos.

Não tínhamos vergonha nenhuma, admitimos.

Estávamos nos defendendo deles e defendendo R, a quem alguns chamavam de quitandeira porque morava num subúrbio populoso cercada por frágeis casinhas de papelão e casas geminadas, mais sólidas, porém igualmente improvisadas; quitandeira como as mães de crianças sem sapatos, de jovens sem estudos, de esposas sem marido e de avós que eram atendentes de armazéns ou barracas de frutas e verduras lavadas nas águas turvas de um valão.

Achamos inaceitável o que eles acrescentaram naquela tarde. Teu pai não vale *callampa*.[5] Não pelos cogumelos que se multiplicavam depois das chuvas, mas pelas ocupações que se multiplicavam então, as populações *callampa*, onde talvez estivesse o pai de R. Volta pro teu barraco, *callampera*, eles gritaram, sem saber ou sem aceitar que a casa dela era o oposto de um barraco.

Não nos desculpamos por xingá-los de volta.

---

[5] [N. da T.] "Não vale *callampa*" é o mesmo que "não vale nada". Além de significar "cogumelo", a palavra *callampa* é usada no Chile para se referir pejorativamente às populações pobres.

Não delatamos os agressores.

Não explicamos a eles que, apesar de ser filha de comunista, R pertencia à rançosa aristocracia chilena, que nem eles nem nós jamais alcançaríamos, nem que tentássemos durante todos os anos que nos restavam de colégio.

Resolveríamos o assunto com nossas próprias mãos, e isso das mãos era literal. O sino ou a campainha do recreio tocou e, à medida que a sala foi esvaziando, a fila dos vulgares se dissolveu. Saímos as três juntas, K, M e R, para o pátio, e vimos que B e P estavam sorrindo para a gente. Seguindo nossas ordens, R ficou para trás e K deu um passo adiante, na direção deles, e como P não recuou, deu-lhe um tapão que deixou os dedos impressos na cara dele. M deu mais um passo, mas B também não recuou, e então ela estendeu o braço, agarrou-o pela crista morena e cabeluda e puxou um tufo de cabelo até sentir sua mão se separar da cabeça de B. Viu o desconcerto no rosto dele, seu punho cheio de cabelos, os cabelos caindo no chão feito penas de galinha.

Não tão perto mas às nossas costas, a violência política seguia impactando frontalmente os corpos cidadãos: por decreto, eles eram despidos de seus direitos cívicos, tinham sua legítima defesa legal negada, eram acusados de insubordinação, traição, terrorismo. Isso acontecia para além das trepadeiras que aprisionavam os muros. Acontecia para além das grades pontiagudas que nos impediam de fugir e ao mesmo tempo nos protegiam daquilo que não deveríamos saber.

E os anos iam passando com a gente, à nossa frente ou talvez atrás de nós.

E estávamos completando 11 ou 12 anos quando ficamos sabendo que uma criança como nós, embora muito mais nova, havia desaparecido.

E já não havia mais mãos para tapar nossos olhos diante da TV, não havia dedos suficientes nos ouvidos: o rádio estava sempre ligado.

E houve boatos de um sequestro num Opala verde.

E se debateu a descoberta do corpo num terreno baldio previamente inspecionado.

E se discutiu a verossimilhança da confissão do único acusado.

Desta vez, porém, antes que o caso se dissolvesse por sucessivas aberturas e encerramentos, surgiu um sinal luminoso que ficou girando: uma *vendetta* dos agentes do Estado.

O se lembra de T lhe dizendo que no Chile se matava gente, que sua mãe chilena revelara isso, que seu pai canadense havia confirmado, que em Montreal, onde tinham morado, falava-se muito sobre isso. Que coisas terríveis estavam acontecendo no Chile, mas que a informação era controlada e só se falava do que o ditador queria. O tinha rido dele, porque onde estava acontecendo isso que T contava com tanta convicção? Onde, diz aí. Se não havia um onde, não poderia ser verdade, e não era verdade, não. Aquilo era uma historinha de T ou da mãe de T ou do seu pai ou daquele país onde se falava inglês e francês, onde ninguém falava castelhano.

Mais de perto, dentro das nossas salas de aula, vislumbraríamos a violência econômica instituída pela burocrática Junta e pelos eficazes tecnocratas formados na Universidade de Chicago, com Milton Friedman de professor principal e seus *boys* neoliberais de assistentes. Não sabíamos então que: um, o Chile tinha sido escolhido como laboratório para o selvagem sistema de livre mercado; dois, a brutalidade do capitalismo que estava sendo ensaiado em nosso país exigia uma ditadura disposta a reprimir qualquer resistência; três, esse capitalismo entrava periodicamente em crise, e as medidas de ajuste eram tão severas que geravam uma enorme oposição; quatro, a equação ideológica equiparava pobreza à resistência política e à repressão legítima.

Levantávamos às sete. Nos serviam chá com leite e pão francês com margarina e meia hora depois um pai diferente nos levava ao colégio. Meu pai fazia o percurso duas vezes por semana porque as M, que eram suas, valíamos em dobro. Naquela manhã, ele percorreu o bairro de casinhas com jardins dianteiros, encheu o carro com duas M, um D, uma S e uma V, e rumou para o sul atravessando uma área de moradias básicas construídas pela Unidade Popular. Meu pai, que nunca militou num partido político, que nunca falava de política, que dirigia pela cidade sem ligar o rádio, disse, apontando para os blocos de apartamentos, que famílias demais aproveitaram a oferta de cartões para comprar a crédito coisas que nem mesmo nós poderíamos ter. Meu pai desconfiava da compra excessiva, em parcelas mas com juros. E duvidava da estagnação do dólar em 39 pesos, da multiplicação dos bancos, dos empréstimos instantâneos e variáveis. Meu pai, que se opunha à nacionalização dos bancos e das indústrias, à reforma agrária e a outras medidas econômicas do socialismo, desconfiava do consumismo descontrolado promovido pela equipe econômica dos milicos. Meu pai disse, murmurando para si e para mim, porque eu era a M que estava ao seu lado, que o crédito fácil e os infinitos cartões de crédito nos levariam à ruína. Não só a ruína das classes arruinadas que queriam viver como as médias, mas também a das classes médias que fingiam viver como a alta, por mais que suas dificuldades fossem visíveis. E se perguntou algo que eu ouviria novamente na minha vida adulta, algo retórico, impregnado de superioridade: como era possível que aqueles que não tinham nem para comer, ou água quente para tomar banho, comprassem televisões a cores em vez de um aquecedor ou de um boiler, e carros importados e casas novas que alimentavam a especulação? Mas não eram só eles que se excediam: o país inteiro estava vivendo a prazo.

O futuro daria razão imediata ao meu pai. Em 1981, a bolha econômica estourou e o país entrou em crise: o dólar duplicou de preço, os juros aumentaram, a inflação explodiu, a produção entrou em colapso, a falência se multiplicou e o desemprego chegou a 25%. Um quarto da população perdeu o emprego e quem o manteve viu seu salário diminuído. Os endividados não puderam mais pagar o que deviam e os não endividados quase não tinham para comprar. Meu pai havia culpado o modelo consumista, mas a compra desenfreada fazia parte de uma política econômica de desregulamentação total que, diante da crise, levou a severas medidas de ajuste.

E a cesta básica virou uma sacolinha.

E a xícara de chá empalideceu porque o sachê era compartilhado. (Água de meia, diziam com desprezo aqueles que ainda tomavam grandes *cups of true english tea.*)

E o pão de forma chegou em fatias mais magras.

E os filmes super-8 ficaram mais curtos.

E comemos mais *cochayuyo*, muita dobradinha, mas continuamos consumindo carne moída de vez em quando, enquanto na policlínica do meu pai chegavam mulheres grávidas que chupavam pedras ou comiam terra pela falta desesperada de ferro.

E nos impuseram aventais xadrez azuis para proteger nossas roupas e de quebra esconder as diferenças que começavam a ser notadas ali.

Porque alguns irmãos mais novos herdaram o uniforme dos mais velhos.

Porque alguns de nós tiveram os cotovelos e os joelhos remendados.

Porque baixaram a bainha das salopetes, que agora usávamos com a risca da passada de ferro anterior.

Porque compraram para a gente sapatos de número maior, pois não haveria dinheiro para um segundo par, sem nos dizer que muitos não tinham nem para o primeiro.

A crise chacoalhou nossa uniformidade escolar. Se até então não havíamos notado diferenças, começamos a prestar atenção ao que marcava essa distinção e a nos convencer de que aqueles que se esforçavam eram recompensados, enquanto outros perdiam as recompensas por sua preguiça. Se havia uma coisa em que meus pais acreditavam era no trabalho, não na recompensa: em casa não se praticava os parabéns, muito menos a comiseração pelo fracasso.

Os panelaços nos acordaram, parcialmente. Eram o sinal da fome e do descontentamento em relação a um governo politicamente impune e economicamente implacável. A bateção de panelas e frigideiras brotava na noite como sinos desafinados; eles irrompiam com colheres de pau e de ferro no sussurro abafado do toque de recolher, reivindicando, nas sombras do anonimato, a queda do ditador e de sua ditadura. Quando a cesta básica familiar foi esvaziada, veio abaixo a doutrina conservadora do pai provedor: o trabalhador foi o primeiro a perder o emprego, e foi sua mulher quem o aceitou pela metade do salário. Se uma mulher fora de casa era inconveniente, os homens dentro dela eram muito mais, inclinados a protestar e a atirar pedras. Suspendendo o imperativo desregulador e desassistido do livre mercado, a Junta e seus tecnocratas reconsideraram as medidas recessivas do choque e recorreram provisoriamente a políticas estatais de estímulo aos trabalhadores, o que também serviu para maquiar os números do desemprego. Depois do Programa de Emprego Mínimo veio o Programa Ocupacional para Chefes de Família. E às nossas calçadas, onde um dia muitos de nós, crianças, nos sentamos para vender copinhos de limonada morna, chegaram grupos de trabalhadores abatidos para quebrá-las, abri-las, cavá-las, enchê-las de canos e tapá-las, e abri-las de novo alguns meses depois, para instalar outros canos ou cabos ou nada, e fechá-las novamente para abri-las outra vez, e fechá-las, em troca de um salário mínimo.

Meus pais declaravam pertencer à classe média profissional, mas ficaram devastados com a ideia de que cairíamos para o poço dessa classe média caso eles nos tirassem do colégio, e apertando mais os cintos, e fazendo mais turnos, mais horas no consultório, mais consultas domiciliares, pagaram com atraso, ou sem atraso, mas mediante um empréstimo da minha avó que eles devolviam no final do mês para pedir outro novamente.

À convulsão econômica seguiu-se a debandada, e nem todos ficaram de pé. Vimos as cadeiras se esvaziarem nas salas de aula do nosso colégio, menos nosso do que nunca.

Um dia W não veio, mas não atentamos para esse sinal.

No dia seguinte, foi X quem não veio.

Na semana seguinte, nem H, nem I, nem J, nem L.

No mês seguinte, nos esquecemos deles: tinham deixado de existir.

O pai de H pagou durante anos os estudos de seus cinco filhos, mas H, o mais novo, não chegaria a se formar no colégio dos irmãos: saiu numa sexta-feira usando uma camisa branca e na segunda seguinte vestiu uma camisa azul-celeste para continuar seus estudos num liceu.

A mãe de E passou para buscá-lo uma tarde, sem aviso prévio: a inspetora interrompeu a aula de castelhano e E, que era metade inglês ou totalmente inglês, ergueu os ombros e as sobrancelhas e depois a mão em despedida, e saiu desengonçado e loiro, dando passos largos e fazendo o paletó dançar no braço. Foi a última vez que o vimos. Ninguém nunca recebeu um telefonema ou uma carta dele, nem mesmo um cartão-postal ou uma missiva por *interposita persona* para nos contar como foi que sua mãe o levou sem a permissão do pai, ou como era viajar de avião e viver em Londres, porque, sem saber onde ele estava, nós o imaginávamos nessa cidade.

O pai de G era um *chicago boy*. Durante a intervenção do sistema bancário por negócios corruptos, chamados então de tomadas de riscos excessivos, o pai de G passou uma temporada num anexo privado da cadeia pública. O prédio havia sido um convento antes de virar prisão privilegiada: os banqueiros dos anos 1980 não dividiam cela com outros criminosos, e os violadores de direitos humanos, acusados nos anos 1990, não se misturariam com outros assassinos. Um filho de Pinochet pernoitaria lá na década seguinte, mas apenas por duas semanas, porque pôde pagar a fiança. O pai de G não devia ter dinheiro para a fiança, mas teve para suas noites de quarto particular e direito a visitas diárias, sala de leitura e televisão, e a peladas com os outros banqueiros convencidos como ele de que sairiam ilesos porque afundar o país fazia parte do plano — isso permitiria ao ditador implantar reformas neoliberais "necessárias": um sistema de ajuste brutal que apertaria o cinto do povo, até estrangulá-lo, enquanto afrouxava o do empresariado.

O pai de V parou de nos levar e V se ausentou do nosso *car pool* diário. Não nos ocorreu perguntar por ela ou lhe telefonar para conversar ou questionar nossos pais sobre sua ausência. Será que as dores alheias não nos afetavam? Será que estávamos distraídos com os deveres de casa e as séries de TV e os programas de dança? Será que não queríamos saber?

Soubemos que o pai de V estava tendo problemas para pagar.

Soubemos que ele tinha um câncer terminal.

Soubemos que se suicidou.

Soubemos que partiu.

Soubemos que não devíamos continuar perguntando (não perguntem besteiras) e não soubemos mais nada além de que o pai de V tinha pagado em vida um seguro escolar para garantir, depois de sua morte, que V continuasse recebendo a grande educação do colégio.

A mãe de O perdeu o emprego numa organização internacional que lhe pagava em dólares quando já não valia mais 39 pesos e essa moeda estava em alta.

Em seguida, após a demissão, ela engravidou.

Em seguida, uma boca se somou à mesa de cinco, mas o pai de O, um funcionário público que nunca levantava a voz, sobretudo à mesa, recusou-se a tirar O do colégio.

Em seguida, ou imediatamente antes, a diretoria chilena do colégio inglês se recusou a entregar mais um ano de bolsas a alunas aplicadas como O: eles não eram uma família nem um fundo ou uma instituição de caridade, eram uma empresa comprometida com o implacável *fair play* com aqueles que não podiam continuar no jogo.

Em seguida, a família de O deixou sua casa numa avenida iluminada e se mudou para um apartamentinho no desolado centro da cidade.

Em seguida, venderam o carro e começaram a usar o metrô, que estava em funcionamento havia 6 anos e em construção havia 13, mas a estação Príncipe de Gales só seria inaugurada muito depois de nos formarmos. O ia sozinha com sacolas, livros, toalha e tacos de hóquei ou uma bola de vôlei, ia equilibrando isso e sua pouca idade no ônibus, como faziam os alunos do liceu, incluindo H, I, J, L, X e, é claro, W.

Em seguida, andando naqueles ônibus que aceleravam do centro para o sul, pondo em risco a vida dos passageiros em suas corridas para vender mais passagens, O foi observando a rua, vendo tudo sem ver nada.

Sobre aquela cidade, aquelas avenidas, aquelas existências que não eram como a nossa, alguns de nós escreveríamos algum dia. Sobre realidades vistas e conversas ouvidas em lotações, micro-ônibus, ônibus, vagões do metrô, e nas limitadas reportagens de rádio que se multiplicavam. Sobre as notícias que davam conta de assassinatos e decapitações e queimados e asfixiados com cobertores, todos suspeitos de serem inimigos da pátria. Sobre o medo que sentimos nas ruas centrais de Santiago quando finalmente entramos nelas, sem contar aos nossos pais, e descobrimos que havia sebos com livros que valia a pena ler. Sobre a violência soterrada em que nos movíamos. Porque essa não era só a história das vítimas e dos algozes, nem apenas o presente dos cúmplices e dos que sobreviveram. Não era uma história emprestada ou uma memória ou um relato alheio, por mais que vivêssemos então numa caixa de ressonância que não chegava a ressoar em nós.

Aprendemos a escrever poemas, mas escrevemos versos certamente irrelevantes.

Em 1980, K, M e R paramos de trocar mensagens em tinta invisível e compusemos um penoso poema coletivo sobre os tristíssimos palhaços de circo, que foi publicado na *Gryphon*.

Em 1982, a mesma revista anual incluiu em suas páginas um péssimo poema tirado do péssimo primeiro livro de M, felizmente perdido, sobre um patético boneco ilustrado com a figura de uma boneca.

Em 1983, R, M e O, leitora voraz de Agatha Christie, fundamos uma revista mimeografada sob a tutela do único professor chileno de inglês. A *Speak Up* incluía letras de músicas, poemas e prosas do alunado, mas acima de tudo textos agora perdidos de O e R, e de M, que dedicaria seu futuro a pôr tudo por escrito.

Em 1984, M, frequentadora assídua da biblioteca e voluntária do local, continuava compondo péssimos poemas com ares de Lorca e conseguindo que a *Gryphon* os publicasse.

Em 1985, os colégios ingleses organizaram um encontro de poesia ao qual M compareceu sem R, que já não era tão sua amiga, e sem O, que o era mais que nunca. M, poeta amadora, sentou-se entre desconhecidos numa sala mal-iluminada e ficou atenta ao professor que lia em voz alta os versos de um verdadeiro poeta sobre uma verdade histórica, a Guerra Civil Espanhola. "Vou lhes contar tudo o que acontece comigo", recitou com voz afetada, como se quisesse ressuscitar o próprio Neruda. M tinha lido a poesia e as confissões de Pablo Neruda que seu pai lhe emprestara, mas não conhecia aquele poema. Sabia que ele era comunista, mas não que havia morrido poucos dias após o golpe militar, nem que talvez tivesse sido envenenado pelos milicos na época do golpe. "E uma manhã tudo estava ardendo", leu o professor de exuberantes cabelos negros penteando-os para trás com os dedos, "e uma manhã as fogueiras saíram da terra devorando os seres", continuou ele com ar desesperado, "e desde então fogo, pólvora desde então, e desde então sangue", lamentou com voz suada antes de concluir, chorando, quase aos gritos, "venham ver o sangue pelas ruas!".

Em 1986, o encontro se repetiu em outro colégio, em outra sala, com outros professores de castelhano que não declamaram para ninguém, e nós, aspirantes a poeta, lemos com certa timidez nossos versos, publicados numa compilação grampeada num dos cantos. M tinha entre essas páginas um poema possivelmente não tão ruim, versos de uma mulher despertada pelos arranhões de unhas no caixão onde jaz enterrada, ainda viva. M conseguiu publicar três de seus poemas na *Gryphon*, mas não o poema certamente contingente da desaparecida.

Em 1987, mais um péssimo poema de amor.

Em 1988, alguns últimos versos não tão desprezíveis sobre um aborto que M ainda não tinha vivido, nem no próprio corpo nem no corpo alheio.

Aprendemos longos solilóquios que repetimos de cabeça para nos tornarmos pessoas que não éramos, personagens shakespearianos, quase sempre, porque era isso o que líamos nas aulas de inglês. Ser, em *A Midsummer Night's Dream*, a mulher que foge com seu amante ou a rainha das fadas. Mas não ser a *lady* do rei Macbeth que esfrega as mãos querendo lavar o sangue de suas vítimas. Nem ser a megera domada que minha avó também recitava de cor, em castelhano.

As obras de Shakespeare passavam por todas as mãos aptas na língua inglesa, foram publicadas em coleções de bolso, em inglês antigo e moderno, vinham inscritas com os sobrenomes ingleses de alunos anteriores, suas anotações na margem, as páginas dobradas nos cantos. Quando o *mister* de inglês nos chamava, de A a Z, arremessava os livros sobre nossa cabeça e eles caíam, com pontaria infalível, sempre em cima das carteiras.

Para sempre eu hesitaria ao escrever. Se selvagem era com g de *savage*, por exemplo. Se deveria colocar um u em *behavior* ou tirá-lo em *neighbour*, se a posição do r era em *center* ou *centre*. Se escrever com s ou z palavras tão decisivas como *apologise, recognize, agonise.*

Nossos problemas transbordaram em 1982, quando o aguaceiro e as enchentes nos riachos se espalharam como um mar turvo de toneladas de barro sobre o mapa de Santiago. Sob a lama ficaram 15 mortos, 5 desaparecidos e milhares de flagelados que se refugiaram no mesmo Estádio Nacional que servira de centro de detenção, tortura e desaparecimento no primeiro ano de ditadura. Agora o país inteiro via passar pelo rio ou na tela, enquanto houve luz e corrente elétrica, pedaços de casas e tábuas, esquadrias e cortinas rasgadas, colchões, carros e ônibus, carroças destruídas, galhos de árvores ou árvores inteiras, sacos de náilon vazios, móveis e fogões e outros bens. E vimos o lago em que se converteu a passagem subterrânea que levava direto para a minha casa, com um micro-ônibus encalhado. Naqueles dias torrenciais, ou a água subia pelas paredes ou se metia nas casas ou entrava pelo telhado: a nossa se encheu de bacias para encurtar o caminho das retumbantes goteiras que nos acordavam à noite.

Nós nos reuníamos de manhã em volta das bacias transbordantes, mas olhávamos mesmo era para o teto, não para o naufrágio à nossa volta.

Em meio à catástrofe, continuaram nos levando ao colégio, ou pelo menos tentando: caso a chuva parasse de repente, caso houvesse alguma rua que pudéssemos atravessar ou caso as aulas não fossem canceladas, para nos tornar alunos responsáveis em vez de nos liberar do dever. Nossos pais, e o meu, nos levaram até o cruzamento de uma avenida que outrora foi um canal e agora recuperava seu curso como algum dia nossa história recuperaria. Em vez de parar e voltar, meu pai se empenhou em atravessar devagar, devagar, acelerando aos trancos para não afogar o motor e tentando não perder os freios, não ser arrastado pela maré. A água entrava pelas frestas e encharcava nossos sapatos recém-engraxados, nossas meias, nossos joelhos. Fechem as janelas, gritou meu pai, o carro virou um barco de lata.

K morava numa casa moderna construída ao pé dos altos morros da classe mais alta, que, se já era rica, havia enriquecido ainda mais depois do golpe. Era uma casa de vidraças que davam para o jardim da frente e a piscina dos fundos, perto do rio em cujas margens viviam famílias que desapareceram na cheia. Naquele inverno, a casa moderna ficou inundada de lama, mas o pai de K, descobrimos então, tinha um alto posto na Força Aérea que imediatamente mandou arrumar a casa.

E como se o país Chile não estivesse inundado, apodrecido e em ruínas, ocorreu um terremoto de enorme magnitude. No breve ataque inicial sabíamos o que estava por vir, mas não conseguimos pôr em prática os protocolos da simulação: o terremoto nos pegou ao anoitecer de um domingo de 1985, no subsolo de um shopping de ricos inaugurado no auge econômico muito perto da minha casa. Os pisos rangiam e os tetos vibravam, e as pessoas que passeavam saíram em debandada enquanto as crianças choravam chamando as mães e as mães gritavam sem encontrá-las. As escadas rolantes se contorciam como cobras. As árvores de plástico balançavam, caminhando convulsivamente em nossa direção. Não havia áreas de segurança ou espaços abertos ou mesas altas para nos abrigar, apenas as portas de vidro de uma loja para onde meu irmão me arrastou até parar de tremer. Então corremos deixando para trás escadas desniveladas e balcões quebrados e cartazes pisoteados, para trás os corredores do supermercado regados a vinho, vidro, latas de conservas e sacos de arroz ou de ervilhas congeladas, para trás as frutas ainda rolando; e corremos de mãos dadas como as crianças que já não éramos, atravessamos a avenida e saltamos as árvores desfalecidas e os muros inclinados, e continuamos a correr em meio aos tremores que devastavam o país.

Sinais que continuavam a chegar, soltos, suspeitos, surpreendentes, em forma de substantivos quando ainda não distinguíamos o adjetivo do substancial e fracassávamos nos verbos e nas interrogações.

Sinais que, no entanto, ficaram gravados na minha memória, o disparo do pai de C enquanto limpava sua pistola. Isso foi o que nos disseram num país onde as únicas armas eram portadas pelos milicos ou pela polícia investigativa. Não nos explicaram por que ele tinha uma pistola ou para que precisava dela ou por que a estava limpando ou o que o pai de C fazia.

Sinais de que era tão fácil morrer com um tiro mas tão difícil saber de onde vinham as munições.

Sinais que, sem ao menos um estopim, dispararam rumores de suicídio e de emboscada assassina e até de que o pai de C não estava morto de forma alguma (que besteira), mas sim declarado morto e enviado ao estrangeiro para sua proteção.

Sinais que desafiavam nosso entendimento (que parássemos de perguntar).

Sinais que de repente se dissolveram no ar.

Como era conveniente pararmos de fazer perguntas e esquecermos de C, que permaneceu mudo entre nós e depois, silencioso como era, saiu do colégio.

Os policiais ou pistoleiros ou aqueles agentes à paisana que chamávamos de guarda-costas não nos inquietavam. Seus opalas estacionados dentro do colégio e seu jeito minucioso de perambular de óculos escuros pelos nossos recreios. Não sabíamos por que sabíamos que eles pertenciam à Central Nacional de Inteligência, mas sabíamos. Nós os observávamos de longe, contornando a enorme extensão de grama. Aproximávamo-nos, suando e sem fôlego, e olhávamos para eles mais de perto, da cabeça aos pés, dos pés à cabeça, como se houvesse uma peça que não se encaixasse na imagem, e nos esforçávamos em vê-la e apagá-la imediatamente: as armas nos cintos dos guarda-costas que vigiavam todos nós para proteger um único aluno, o neto daquele ditador que chamávamos de presidente.

Permanece deliberadamente nas sombras aquele neto taciturno que não era nosso colega de classe até que passou a ser, porque o neto repetiu a segunda ou a terceira série e passou a integrar as filas da nossa turma. Quem me lembra disso é O, que usaria sua memória para estudar Direito e exercê-lo num cargo público após a ditadura.

Há furos na minha memória daqueles tempos, há angústia naquele passado cheio de buracos profundos por onde deslizaram sinais que me mortificariam. Quando voltasse a procurá-los, examiná-los, contrastá-los com outros, organizá-los e escrevê-los. Quando revisasse quem fomos esboçando o retrato falado da cumplicidade.

Nunca ninguém nos falou de uma Cecilia Magni que havia estudado no colégio inglês da minha mãe até aquele colégio de *girls* se unir ao de *boys*, que acabou sendo, em 1972, nosso colégio misto para os muito ricos e os não tão ricos. Magni devia ter 16 anos, e suas irmãs gêmeas, um pouco mais novas, contam que naqueles anos ela se juntou aos panelaços contra o governo de Allende: as mesmas marchas em que esteve minha mãe, que tinha o dobro da idade das Magni.

Ninguém nos contou que ela teve como coordenador, em 1974, aquele que foi nosso professor de castelhano em 1988. O professor que fechou a porta da sala de aula na cara de X por comemorar no corredor que o Não havia ganhado.

Esse professor não nos falou dela.

Não nos disse que ela tinha pensado em ser professora de educação infantil. Que ficaram surpresos quando ela entrou na faculdade de sociologia. Que ficaram ainda mais surpresos quando aquela jovem risonha de classe alta se juntou ao partido comunista e passou ao seu braço armado, a Frente Patriótica Manuel Rodríguez.

Isso deve ter impressionado o conservador professor de castelhano.

Impactou aqueles que haviam sido seus colegas de classe.

Não espantou tanto sua família.

Não surpreenderia suas irmãs.

Ambiciosa e perfeccionista como tantos alunos do colégio, culta e carismática como poucos em nossa instituição, ela se tornaria a única liderança dos jovens da Frente nos 16 anos de sua existência.

Tão doce e querida, continuou sendo amada e admirada quando assumiu como Comandante Tamara, convencida de que a única forma de derrubar a ditadura era pela via armada.

Sua mãe, penteada como a minha, afirmaria diante das câmeras ter rezado muito por um final melhor para a Chichi. Assim disse ela, com um sorriso resignado. E disse ter pensado que a Chichi acabaria mal, mas que também quis acreditar que não seria tão mal.

O marido da Chichi contaria o seguinte. Que ela se apresentou numa casa de câmbio vestida de *lady*, com seu próprio colar de pérolas no pescoço. Que entrou falando em inglês, dando ordens em inglês, em voz alta. Que, com aquela elegância e aquela língua e com um rifle apontado para os funcionários, assaltou aquele escritório para levar a grana de que seus correligionários precisavam. Que conseguia as coisas mais impensáveis graças a esse estilo que era seu capital. Assim diria o marido, que logo se tornou ex-marido: apesar do abandono da relação e da única filha que tiveram juntos, ele lutaria mais tarde para que lhe fosse feita justiça.

Ninguém comentou que aquela aluna do nosso colégio havia alugado uma casa e três veículos e gerenciado a transferência das armas destinadas a acabar com Pinochet no fracassado atentado de 1986, ano em que nós, meninos e meninas, completamos 16 anos.

Nem nos disseram que pouco depois, após outro ataque fracassado ao posto de controle de Los Queñes, em plena fuga pela árdua cordilheira do Maule, Tamara foi traída por um bigodudo da Frente que talvez fosse um infiltrado. Ela morreu torturada com seu companheiro afetivo que também era companheiro de armas.

Ninguém nos contou. Pouquíssimas pessoas souberam à época como os dois morreram, naquele ano de 1988 em que nos formaríamos no colégio: seus cadáveres, encontrados no Tinguiririca, foram declarados mortos por imersão, por mais que as irmãs Magni afirmassem ser impossível que Cecilia tivesse pulado no rio. Ela tinha horror à agua.

O reitor britânico, que proferia discursos duvidosos mas eficazes sobre a ordem, que defendia como sua a reputação do colégio, que regia nossas mentes e muitas das nossas ações, convocou dez alunos, dez de nós que falávamos inglês sem tropeços, dez que usávamos uma distintiva gravata de listras cinza, sem cavalinhos, e um distintivo bordado que nos conferia autoridade sobre o resto dos alunos, para solicitar que déssemos uma entrevista coletiva à rede de notícias britânica.

O reitor nos entregou à jornalista inglesa que nos levou até o centro da quadra de todas as quadras e nos sentou ordenadamente enquanto nos cumprimentava, um por um, numa desordem calculada. Ela nos fez perguntas inócuas, o clima de Santiago, os estudos, a preparação para a universidade e as carreiras que gostaríamos de seguir, enquanto as câmeras se posicionavam e escolhiam seus ângulos, preparando-se para quando a jornalista partisse em direção ao que os ingleses e o mundo queriam averiguar.

A jornalista: se sabíamos do atentado em que Pinochet poderia ter morrido, e uns seis ou sete de nós que estávamos lá, sentados em semicírculo, assentimos: sabíamos, sim, havíamos visto tudo na televisão nacional, repetidas vezes, os carros baleados na ladeira de Achupallas, os vidros estilhaçados pelos projéteis, a mão de ferro ferida mas envolta em gaze e o ditador arrastando as palavras ao relatar os acontecimentos. E também havíamos visto os especialistas descrevendo o erro estratégico do comando terrorista, a apreensão anterior de armas em Carrizal Bajo que fez fracassar o plano original, a bem-sucedida operação de segurança que deixou apenas cinco mortos.

A jornalista fez uma pausa teatral enquanto nos encarava, um por um, como se estivesse decidindo a quem fazer a pergunta seguinte, mas, sem se decidir por nenhum de nós, perguntou a todos o que achávamos do que estava acontecendo no país. Acontecendo no país, ela repetiu. Acontecendo, disse ela mais devagar, caso não tivéssemos entendido o gerúndio. *Happening.* Nosso silêncio, tenso, elétrico. Acontecendo, o que estava acontecendo?

A jornalista fez uma careta de desconcerto, que poderia ser amigável, mas nos pareceu desconfiada, desdenhosa ou arrogante, talvez mordaz. Ela ergueu o olhar com impaciência sobre nós, passeou-o pela cordilheira nevada e o fez aterrissar nos meus olhos: *So what do you think?* O que eu achava, eu que acreditava no que meus pais diziam (e de política eles falavam tão pouco) e no que diziam meus professores (que não falavam de política porque era perigoso). E no que dizia o reitor (que só dava ordens). Senti um músculo ou um nervo ou um tendão nervoso se contrair, o tique entre o olho e a bochecha. A boca seca da boa aluna diante da pergunta que deveria responder de forma impecável, sem errar ou me humilhar diante das câmeras inglesas, mas eu não sabia qual era a resposta correta, o que aquela jornalista queria ouvir, o que ela queria que eu confirmasse.

A boa aluna treinada para tirar as melhores notas, almejando se destacar entre os demais sem deixar de fazer parte deles.

Naquele campo que agora ardia aos nossos pés, nós tínhamos perseguido, beijado e chutado uns aos outros. Naquele campo tínhamos passado os intervalos conversando sobre coisas irrelevantes que então nos importavam de forma excessiva, enquanto mordiscávamos o interior branco e tenro dos talos de grama ou fazíamos buquês com as minúsculas margaridas que cresciam entre eles. Naquele campo tínhamos treinado, suado, tropeçado e caído, havíamos nos levantado um dia, cheias de expectativa, porque logo deixariam que nós, meninas, como todos os demais, nos jogássemos na fossa de água suja aberta na linha de chegada do *steeplechase*. Escutaríamos o *ready when you are!* de cada temporada, o *on your marks, set*, o tiro de largada; nossas pernas partiriam a toda velocidade e nossos pés avançariam em staccato para nos permitir passar graciosamente na frente das arquibancadas e, por fim, nos jogar, nos jogar, nos jogar e receber o prêmio dos aplausos.

Minha memória sobrevoa outra vez a cena na grama, capta o verde e os choupos ao fundo, a cerca pontiaguda, os prédios estrangulados por trepadeiras de *colleges* ingleses, o céu leproso desprovido de sol. Sobrevoa, mas não consegue me enfocar: tenho dificuldade em ver como estou penteada, se estou ou não arrumada, se meu emblema de *prefect* ainda está costurado no peito, se minhas pernas estão cruzadas ou descruzadas, se alguém ao meu lado muda de posição na cadeira esperando que eu responda à pergunta que segue em suspenso, se abaixo ou levanto a cabeça ou se enrubesço. Se alguém grita ou vomita ou sangra golpeado pelo *happening in Chile, what do you think* da jornalista que também não consigo visualizar.

O que me tira do silêncio é R, que, de menina tímida e medrosa, tinha recuperado a fala e o pai e voltado para um bairro de classe média.

O que me tira do silêncio é a voz modulada de R que se tornou nossa Lady Di, alta, magra, fumante, risonha, segura de si: a melhor esportista, a melhor ginasta, a melhor aluna da história do colégio.

O que me tira da mudez é seu sotaque tão *very british* declarando num inglês absoluto que nós vivemos no horror. Algo se remove em minhas certezas, algo se desfaz na minha língua: o seu nós, o seu *we*, o seu *us*, o seu *our* não é o mesmo que o meu, que se revela minúsculo diante do dela que é enorme. R fala do que sabe, fala do que conhece e que durante anos não pôde compartilhar, fala de seu pai e dos companheiros torturados, desaparecidos, decapitados, queimados, exilados do pai, das companheiras estupradas que não voltaram, dos que continuavam sem aparecer ou ressuscitar. Aquele *we* é um cabo de conexão para algo aterrorizante *that scares the shit out of me*, e, por mais que eu tente desviar de suas palavras e discordar de R, começo a discordar de mim mesma, do que vi sem ver, do que soube sem saber, de todos aqueles sinais, suspeitos, surpreendentes, soltos, que de repente fazem todo o sentido.

O que me tira do meu nós é R com o dela, porque nós nunca fomos todos nós. Essa é a terrível verdade, afirma R sem pestanejar diante das câmeras inglesas, a terrível verdade, repete em castelhano, esclarecendo os mal-entendidos, a terrível verdade do Chile, insiste. E eu vislumbro, transformada, que este é o país onde vivi sem vivê-lo, onde vou querer viver vivendo. O país Chile sobre o qual vou escrever.

AGRADECIMENTOS

Meus agradecimentos a Lolita Bosch e Oswaldo Estrada, que me incentivaram sucessivas vezes a escrever o início deste texto. A Guido Arroyo, que editou cuidadosamente o primeiro manuscrito, e a Alia Trabucco Zerán, pela leitura incisiva do segundo. Aos pesquisadores Alejandra Matus e Claudio Fuentes, que trabalharam para desvendar verdades ocultas e distorcidas durante a ditadura, e, sobretudo, a Claudia Ortega, Berta Espinosa, Valentina Gajardo Moller e Pamela Román, que mergulharam no arquivo íntimo daquela época para me ajudar na busca pelos sinais que aqui registro.

coleção **NOS.OTRAS**

Pronome feminino na primeira pessoa do plural. Desinência de gênero própria da língua espanhola. Sujeito do eu que inclui a noção de outro. Uma coleção de textos escritos por autoras latino-americanas, mulheres brasileiras e hispanofalantes de hoje e de ontem, daqui, dali e de lá. Uma coleção a favor da alteridade e da sororidade, este substantivo ainda não dicionarizado. Nós e outras, nós e elas, nós nelas e elas em nós. NOS.OTRAS pretende aproximar-nos, cruzando fronteiras temporais, geográficas, idiomáticas e narrativas. A proposta é pelo diálogo plural, dar voz e visibilidade a projetos literários heterogêneos que nem sempre encontram espaço editorial. Publicaremos sobretudo não ficção – ensaios, biografias, crônicas, textos epistolares –, mas prosas de gênero híbrido, fronteiriças à ficção, também são bienvenidas. Porque nosotras somos múltiplas.

Curadoria e coordenação editorial:
Mariana Sanchez e Maíra Nassif

coleção **NOS.OTRAS**

Conheça os títulos da coleção:

- *Viver entre línguas*, de Sylvia Molloy.
Tradução de Mariana Sanchez e Julia Tomasini.

- *Tornar-se Palestina* (1ª ed. e 2ª ed. ampl.), de Lina Meruane.
Tradução de Mariana Sanchez.

- *E por olhar tudo, nada via*, de Margo Glantz.
Tradução de Paloma Vidal.

- *O mundo desdobrável – ensaios para depois do fim*,
de Carola Saavedra.

- *A irmã menor: um retrato de Silvina Ocampo*,
de Mariana Enriquez. Tradução de Mariana Sanchez.

- *Posta-restante*, de Cynthia Rimsky.
Tradução de Mariana Sanchez.

- *38 estrelas: a maior fuga de um presídio de mulheres da história*,
de Josefina Licitra. Tradução de Elisa Menezes.

- *Sinais de nós*, de Lina Meruane.
Tradução de Elisa Menezes.

Próximo lançamento:

- *Quando borboletas furiosas se tornam mulheres negras:
nós no mercado editorial*, de Cidinha da Silva.

© Lina Meruane, 2023
© Relicário Edições, 2025
Imagem de capa: © Paula Albuquerque, 2025 (sobre fotografias de Polina Tankilevitch/Pexels e Freepik)

Dados Internacionais de Catalogação na Publicação (CIP) de acordo com ISBD

M575s Meruane, Lina
Sinais de nós / Lina Meruane ; tradução por Elisa Menezes. – Belo Horizonte: Relicário, 2025.
76 p. ; 13 x 19cm. – (Coleção Nosotras ; v. 8)

Título original: *Señales de nosotros*
ISBN: 978-65-5090-024-3

1. Literatura chilena. 2. Chile – Ditadura – Ensaio.
I. Menezes, Elisa. II. Título.

CDD: Ch860
CDU: 821.134.2(83)

Elaborado pelo bibliotecário Tiago Carneiro – CRB-6/3279

Obra editada no âmbito do Programa de Apoio à Tradução para Editoras Estrangeiras da Divisão de Culturas, Artes, Patrimônio e Diplomacia Pública (DIRAC) da Subsecretaria de Relações Exteriores do Chile.

Obra editada en el marco del Programa de Apoyo a la Traducción para Editoriales Extranjeras de la División de las Culturas, las Artes, el Patrimonio y la Diplomacia Pública (DIRAC) de la Subsecretaría de Relaciones Exteriores de Chile.

Curadoria e coordenação editorial: Mariana Sanchez e Maíra Nassif
Editor-assistente: Thiago Landi
Preparação: Silvia Massimini Felix
Capa e projeto gráfico: Paula Albuquerque
Diagramação: Cumbuca Studio
Revisão: Olívia Almeida
Fotografia de Lina Meruane: Isabel Wagemann

Relicário Edições
Rua Machado, 155, casa 4, Colégio Batista | Belo Horizonte, MG, 31110-080
relicarioedicoes.com | contato@relicarioedicoes.com

1ª edição [outono de 2025]

Esta obra foi composta em Crimson Text e impressa sobre papel Pólen Bold 70 g/m² para a Relicário Edições.